AF400086

Fée d'Automne

Daniel Salasca

Pour Henriette

L'âge est un dernier long voyage

Un quai de gare et l'on s'en va

Il ne faut prendre en ses bagages

Que ce qui vraiment compta

Et se dire merci

De ces perles de vie

Il est certaines blessures au goût de victoire [1]

I

Le jour de mes vingt et un ans, le 1er octobre 1976, je foulais de nouveau les pavés universitaires. Nouvelle année de Deug scientifique à Grenoble, nouveau départ.

Oublié le décrépi fort Rabot ! J'étais l'hôte de Marc, un pote qui visait comme moi les concours d'ingénieur. On s'était rejoints sur les bancs de la fac après que ses géniteurs eurent décroché un boulot en Iran. Cité des Alloves, l'appart' nous attendait, vide, prêt à être réinvesti de nos espérances d'ados attardés.

Autour de Marc gravitait une petite troupe de cœurs joyeux. Son noyau dur : une mignonne de vingt piges, Jocelyne, fraîchement recroisée après les années vertes. Petit bout de blonde au sourire printanier d'infirmière en devenir, elle roulait dans un vieux coléoptère Volkswagen couleur bonbon. Visiblement sous le charme, Marc avait les yeux qui pétillaient dès qu'elle était dans les parages.

Comme un idiot, je suis tombé illico raide dingue amoureux de sa jolie frimousse et de son éclat de vie, moi qui n'avais pas l'habitude de ces petits riens qui vous retournent un homme.

Gégé - Denis pour l'état-civil - complétait le trio. Un titi tâché de farine, pâtissier jusqu'au petit matin avant de nous rejoindre avec les restes de sa nuit blanche sous le bras. Avec deux autres nanas et un mal dégrossi dont j'ai zappé les noms, on formait une bande improbable mais unie par ces années d'insouciance où l'on pensait encore tenir le monde au creux de nos vingt ans.

Les samedis, on allait se perdre et se retrouver dans les forêts grimpantes autour de Grenoble ou sur les routes en lacets du massif de Chartreuse à coup de mollets. Le dimanche, quand on avait du bol, le vacherin glacé de Gégé nous attendait, tout baveux dans sa boîte à moitié défoncée.

J'étais à fond dans la photographie. Tout l'été je m'étais échiné, pompier volontaire à la caserne pour m'offrir un Olympus OM-1, le graal pour un bleu comme moi. Marc aussi mitraillait tout ce qu'il pouvait avec son Minolta. Chaque sortie était prétexte à se gaver de pellicules. Du noir et blanc pour se la raconter. Mais surtout des diapos Kodachrome pour faire péter les couleurs à la projection.

Je n'osais pas trop me rapprocher de Jocelyne, pourtant. Cette fée d'automne, si parfaite, trop jolie pour jamais être exposée aux bredouillis d'un gars comme moi…

II

Un jour, je l'ai vue passer le pas de la porte, un petit air malicieux aux lèvres. Jocelyne était là, ma carte d'identité à la main. « J'ai trouvé ça dans mon sac », qu'elle me lance avec ce sourire qui fait fondre les banquises. Bon sang, j'étais tellement niais à l'époque que je n'ai même pas pensé une seconde qu'elle l'avait bien évidemment gardée exprès pour avoir une excuse à me retrouver en tête-à-tête ! Marc étant Dieu sait où ce jour-là, elle avait tout prémédité… Mais ça, elle me l'a avoué bien après.

Une autre fois, notre joyeuse troupe s'était échappée en forêt. L'automne nous mordait déjà les fesses. Jocelyne, petite frileuse mal couverte, se pelotonnait pour conserver un peu de chaleur. Devant ses frissons, tous les mâles de la bande se sont rués comme des béguins pour lui offrir leur chaud chandail de laine. Et c'est mon pull qu'elle a choisi, rien que ça ! J'ai cru que mon cœur allait exploser. Vision de cette sublime créature lovée dans mes fibres qui gardaient encore un peu de mon odeur... Le reste de la balade, j'ai zappé le froid, tel un dragon crachant ses flammes à l'intérieur.

Puis il y eut ce repas d'anniversaire, dans un village perdu de Chartreuse. Marc avait tout mijoté dans son coin en se réservant Jocelyne pour l'aller, me refilant je ne sais quelle potiche à trimbaler.

Dans ma 2CV, derrière le volant, la demoiselle a tenté un rapprochement guère désirable en posant sa main sur ma cuisse. Je l'ai déportée ailleurs, l'air de rien. Trop fin pour me laisser prendre aux pièges de ce filou de Marc !

Mais le meilleur m'attendait une fois à table : Jocelyne et moi côte à côte, tout naturellement, comme si l'univers l'avait voulu ! Mes méninges goupillaient des pensées que mes lèvres refusaient de dégoupiller. Plus tard, Gégé, la lampe à souper bien arrosée, a commencé à tanguer sérieusement. « On va prendre l'air ? », que je lui propose. Jocelyne nous a suivis et on s'est retrouvés tous les trois dans la R5, à tourner en rond comme des paumés. Puis Gégé s'est endormi sur la banquette arrière. Un silence... Jocelyne et moi, face à face... Alors, le palpitant emballé, je me suis penché sur ses lèvres. Et elle m'a rendu mon baiser, en me soufflant : « Tu aurais pu le faire depuis longtemps ! » De retour à l'auberge, Marc ne put s'affranchir d'une remarque piquante sur notre escapade.

Bien sûr, j'avais déjà connu des amourettes à l'arrache auparavant. Mais là, c'était autre chose. D'hab, je suis vite saturé par les autres. Besoin de parenthèses tranquilles, dans mon petit cocon, loin du bin's ambiant. Mais avec Jocelyne, l'inverse total : sa présence m'emplissait d'un bien-être rare, une quiétude insoupçonnée jusqu'alors. Pour la première fois, je me sentais mieux à deux qu'en solo.

Cette relation était un putain de trésor que la plupart des gars ne pourront jamais se trémousser d'avoir dans leur

petite vie. Je le savais, je le sentais dans mes tripes :
c'était l'unique, l'absolu, le tsunami qui te tombe qu'une
seule fois sur le caillou avant de tourner définitivement
la page.

III

J'avais tout lâché dans cet appareil, l'argent de mes trimes de pompiers était parti en fumée pour m'offrir ce bijou d'Olympus. Alors pour renflouer les caisses, je bataillais sur deux fronts : des cours de maths à des fils à papas et un boulot d'intérim à la chaîne dans une usine de Grenoble.

De 21 heures à 5 heures du mat', je jouais les robots, répétant inlassablement les mêmes gestes d'automate. Quand la 2CV était en rade, Jocelyne venait me choper au petit jour dans sa vieille Coccinelle lestée sur le train avant. Histoire de mieux tenir la route, qu'elle disait.

Pour moi c'était un petit sacrifice provisoire, juste une étape de jeunesse à traverser. Mais voir tous ces ouvriers pour qui cette vie était un couloir sans issue, une condamnation à perpette, ça m'foutait un coup. Les petits chefs qui vous mâtaient, les humiliations à la pelle, et pire que tout, cette illusion d'une promotion

« un jour peut être » qui se réduisait à espérer une meilleure place sur la foutue chaîne... On a touché le fond le jour où un vieux est parti avec une médaille cyniquement épinglée pour 40 ans de bons et loyaux servages. Le pauvre en pleurait d'émotion... Fier comme un coq d'avoir été un esclave toute sa vie ! J'arrivais pas à comprendre.

Ça m'a secoué les puces et fait regarder mon propre avenir en face. Je n'aurais jamais ce destin de tâcheron, c'était décidé. Mais alors, quoi d'autre ? Avec Marc, on remuait pas mal ces questions du boulot d'ingénieur, la voie exemplaire que lui traçait son paternel. Mais plus j'en apprenais, moins ça me bottait... Entrer gamin dans une grosse boîte, puis se battre comme des bêtes pour espérer grimper, mitonner les coups tordus et le piston plutôt que le boulot bien fait... L'inverse total de ce que je matais dans ma tête.

Alors un matin, j'ai tout lâché. J'ai tiré un trait définitif sur ces études à la noix. Soulagé d'un poids, même si je me retrouvais sans aucun plan de secours, l'avenir devenu une grande inconnue béante.

Jocelyne s'inquiétait pour moi. Un soir qu'on était tous les deux, elle m'a demandé ce que je voyais pour la suite. J'avais confiance en elle. Alors je lui ai ouvert mon cœur, vraiment, comme je l'avais encore jamais fait. Je lui ai déballé mes rêves d'enfant, ces trucs que je gardais sous le coude depuis toujours.

Le noyau dur, le postulat de base, c'est que je n'aurais jamais de patron, j'aurais ma propre affaire un jour. Dans quoi, impossible à dire. Mais avant, y avait quelques aventures qui n'attendaient que moi…

Primo, l'Afrique : la traverser en mode routard, sans le sou, juste pour le frisson et l'inconnu, la piste pour seul horizon, et le cœur cognant au rythme des kilomètres avalés. Dormir à la belle étoile, partager des repas Berbères.

Ensuite, courir des rallyes. Passion héritée tout gamin d'un fait d'armes paternel, et nourrie chaque année par le rituel immuable des maîtres de la route qui me transportaient dans un autre monde en dégommant, de jour comme de nuit, les spéciales du Tour de Corse.

Puis, apprendre à voler, devenir un oiseau des airs pour ce sentiment de liberté absolue, où chaque envol est une nouvelle évasion vers des cieux inconnus.

Pour finir, m'assurer de grappiller assez d'argent pour offrir à mes vieux une dose de confort et de tranquillité largement méritée.

Et je m'accordais dix piges pour tout boucler.

IV

Elle m'avait écouté sans broncher déplier mes rêves de gamin. Mais quand j'ai eu fini de bafouiller mon petit tour du monde à venir, elle a lâché d'une voix calme : « Et moi, dans tout ça ? » Un seau d'eau glacée sur ma bulle de héros solitaire. Redescendu sur terre d'un coup sec. « Ben… je sais pas… il faut voir… », j'ai bredouillé, con comme un manche. Mais je savais au fond que c'était plié.

Jocelyne avait beau avoir un an de moins, elle évoluait déjà dans un monde d'adultes depuis trois piges, à l'hosto. Une confrontation quotidienne avec les douleurs de la vie qui lui donnait une maturité que j'étais encore très loin d'atteindre. Elle avait les idées claires sur ce qu'elle voulait. Moi, j'étais toujours un post-ado aux délires débridés, pas du tout armé pour construire quoi que ce soit de sérieux. Du jour au lendemain, j'étais redevenu l'oisillon aux ailes trop fragiles.

Je ne sais pas, au juste, ce qu'elle a ressenti après cette soirée - de la déception, de la colère, de la peine ? Car la belle s'est faite distante, jusqu'à ce qu'elle me fasse annoncer par un Marc plus heureux qu'un pape en papamobile, que c'était Game Over.

J'ai pas cherché à lutter. C'était clair, je pouvais pas lui offrir ce qu'elle attendait. Pas pour le moment, du moins. Lâcher mes espérances pour enfiler la défroque de ses attentes, c'eut été reculer pour mieux sauter.

Marc collerait bien mieux à ses aspirations - lui, il filait droit comme un I sur les bons rails, vers son job d'ingénieur, une gentille situation bien au chaud, et possédait surtout cet art subtil de savoir patiemment naviguer en eaux troubles en attendant son heure.

V

Jocelyne me manquait grave. J'étais KO debout, sonné, conscient que jamais plus je ne vivrais un truc aussi parfait. Mais, j'étais pas né de la dernière pluie, c'était bien ma faute si ça avait foiré. Ma faute d'être ce que je n'arrivais pas à renier - mal adapté, un brin trop rêveur, un rien déconnecté, réticent à me projeter si vite dans une vie trop prévisiblement balisée.

Alors, je faisais bonne figure, me la jouais détaché, genre que ça roule, la routine quoi. Mon baladeur en boucle sur le Carnet à Spirale de Sheller[2] et tout va bien Madame la Marquise !

Avec Marc et Gégé, on a déboulé à Paname pour assister au concert de la Machine rose et mater son légendaire cochon qui vole[3]. Un moment magique, comme une parenthèse bienvenue hors du temps.

J'me suis même embarqué dans un nouveau taf qui consistait à écumer les bistrots du coin, les yeux mouillés dans ma Deuche, pour refourguer aux patrons la dernière boisson du moment, un soda pétillant aux saveurs exotiques. Pour les amadouer, j'avais tout le matos : des dépliants en carton grand format, des verres spéciaux siglés et une caisse entière de la précieuse mixture. Mais, la tête ailleurs, je débitai mon baratin sans conviction et sans rien vendre.

Je faisais comme si, mais en vrai, j'étais au fond du trou. Jusqu'au jour où j'ai pété les plombs : je me détestais d'être le vilain petit canard, de pas être sur la même ligne que les autres. Genre Marc, quoi. Alors j'ai voulu me punir pour ça.

J'ai attrapé ce que j'avais de plus précieux, mon Olympus adoré. Je me suis penché par la fenêtre de la cuisine et d'un geste sans retour, je l'ai lâché depuis le deuxième étage alors que les dieux du hasard nous balançaient « I'm Not in Love » des Ten CC[4] à la radio, en une cruelle ironie.

Quand les premières gouttes de l'aventure humaine se furent taries, j'ai récupéré tous les fonds de bouteilles qui traînaient dans le bar du paternel à Marc. M'enfermer dans la salle de bain. Et je les ai descendues les unes après les autres, méthode jusqu'au-boutiste. Quand Marc est revenu avec Gégé, ils ont tenté de m'en faire sortir. Mais je les ai envoyés bouler avant de sombrer dans le noir total.

Hear me grieving, lying on the floor
Whether I'm drunk or dead, I really ain't too sure
I'm a blind man
I'm a blind man
And my world is pale
When a blind man cries
Lord, you know
There ain't a sadder tale[5]

Je me suis réveillé deux jours plus tard, allongé sur mon pieu, une gueule de bois à faire damner un pape. Marc m'a raconté qu'ils avaient réussi à ouvrir la porte, à me faire dégobiller, m'avaient baladé dans la nature pour me désaouler. Et qu'ils avaient juste attendu que je reprenne vie, comme un petit animal blessé.

VI

J'ai repris vie pour capter que la chose était réglée, non négociable, mon séjour ici touchait à sa fin. J'ai fait mon petit paquet, ramassé l'indispensable. Le reste ? Je l'ai fichu dans des sacs poubelle que j'ai confiés à Marc. Je lui ai aussi demandé de se débarrasser pour moi de ma vieille Deuche, vu qu'elle n'était pas de taille à m'accompagner là où je comptais aller.

En ce mois d'avril 1977, j'ai donc pris la tangente pour la cité phocéenne et chopé un bateau pour Ajaccio. La maison de mon enfance, voilà où je voulais retrouver un peu de paix.

Mais j'avais lâché les études, alors la conscription m'a vite rattrapé. Une convocation m'est tombée dessus. J'ai exploité mon état quelque peu déboussolé, en en rajoutant une bonne louche, pour obtenir d'un psy un joli certificat médical que j'ai balancé aux mines renfrognées de l'armée.

Peu après, la maréchaussée a débarqué chez moi un beau matin pour me foutre dans un avion militaire direction l'hôpital Laveran à Marseille. Ils voulaient me passer à la moulinette. Quand j'ai pigé que ces petits joueurs comptaient m'envoyer en psycho, j'ai improvisé sur le champ un méga pétage de plomb qui m'a valu un aller simple pour le service psychiatrique, au rez-de-chaussée. Là, c'était du sérieux !

J'y suis resté un mois à faire le guignol et le coucou, comme dans un film de Milos Forman. Ils m'ont finalement rendu la clé des champs, un petit papier de réforme, et j'ai pu reprendre l'air de la mer pour Ajaccio.

Bien joué, la gaufre !

VII

Après ma délirante escapade à l'asile, j'ai atterri dans un cabinet de géomètres, tenu par les vieux d'un pote de lycée. Leur gosse ingrat ne voulait pas reprendre la boutique, alors ils m'ont adopté comme le fils prodigue. J'ai commencé à bosser sur le terrain la journée, tout en potassant la théorie le soir. Le but, c'était de décrocher ce fichu diplôme d'expert en candidat libre.

Je me suis retrouvé proprio d'une R12 TS d'occasion tip top. En octobre 78, je l'ai embarquée pour Marseille, puis j'ai grimpé à Grenoble pour récupérer mes vieilles frusques que j'y avais larguées un an et demi plus tôt.

J'ai débarqué chez Marc en fin d'aprèm. j'ai eu droit à un accueil digne du pôle Nord. Jocelyne était dans le coin et m'a à peine sorti un p'tit salut du bout des lèvres avant de s'éclipser bien soigneusement.

Après avoir ramassé mes cliques et mes claques, on s'est ramenés chez les parents de Gégé qui organisaient une soirée diapos de leurs barbantes vacances en camping sur l'île de Ré. Jocelyne conduisait sa Coccinelle, avec Marc à côté. J'étais dans leur sillage. Au premier feu rouge, ces deux petits futés se sont penchés l'un vers l'autre et ils ont échangé un de ces baisers à se rincer l'œil, bien en évidence sous mes phares.

Comme si j'avais encore besoin qu'on m'enfonce le clou ! Ça confirmait juste ce que je voyais venir depuis que j'avais pris le large. En plus d'être le mec bien qui l'aimait sincèrement, Marc était mieux armé que moi pour lui donner ce qu'elle attendait. Je l'avais pigé, pas besoin d'en rajouter une couche. Mais ce petit cirque gratuit m'a quand même laissé un sacré goût amer. Tout comme l'indifférence ostensible de Jocelyne pendant la soirée ainsi que le message sans équivoque de Marc à la fin, me faisant comprendre que j'étais devenu indésirable.

J'étais rayé des cadres, alors je ne suis jamais revenu faire tache dans le paysage.

VII

Après ça, chacun a repris sa route de son côté, comme on dit, et le temps a fait son boulot.

Moi, j'ai pu vivre ma petite aventure africaine, à sillonner les savanes et siroter du thé à la menthe dans le désert. Je me suis démerdé pour user mes gommes sur les mille virages du Tour de Corse, au temps béni des groupes 4, quand les bolides étaient encore des monstres et que l'huile de ricin chatouillait les narines.

Lorsque j'ai découvert les magouilles minables planquées derrière l'honorable vernis, j'ai largué le cabinet de géomètres pour tracer ma route en pro dans la photographie. On courait de noce en banquet, de tournoi en vernissage, en essayant de rien rater. Puis on filait au labo, développer au plus vite ces instants de vie captés, afin de pouvoir les exposer avant la fin des réjouissances car alors, les bourses se délient beaucoup plus facilement, chacun voulant en remontrer aux autres en jouant les grands seigneurs. Mais la petite mort de l'âme créatrice qu'impliquait ce boulot a fini par me détourner vers d'autres chemins.

J'ai trouvé mon bonheur dans le binaire, à bidouiller derrière un écran où chaque ligne de code était une caresse à l'univers, chaque instruction une incantation féerique. De formules en algorithmes, mon esprit buissonnier se métamorphosait en explorateur des nouveaux mondes numériques. J'ai même monté ma propre boîte et embauché mes vieux comme figurants virtuels à distance, pour cocher la dernière case : mettre du beurre dans leurs épinards.

Pendant ce bail, je me fantasmais non-stop dans une vie parallèle, blindée de tendresse et de complicité avec Jocelyne.

Le jour de mes trente ans, quand mon équipe m'a fait la surprise d'une petite sauterie improvisée, j'ai pris la parole pour les remercier. Et pendant que je leur sortais les platitudes d'usage, dans un coin de ma caboche, je repensais à Jocelyne, avec une sacrée boule d'émotions qui me serrait la gorge. Je me disais qu'enfin j'avais réalisé toutes mes rêvasseries de gamin et que si le destin n'avait pas été une sacrée peau de vache, il aurait attendu cette période pour programmer notre première rencontre. Sûr qu'alors la vie imaginée serait devenue la vraie life.

IX

Le temps, ce grand farceur, a continué son bonhomme de chemin. Ma petite entreprise a rendu l'âme, mais pas avant que j'y croise la route d'Anne, la femme de ma vie.

On a adopté nos deux poulettes, et on a vécu des années à se les carrer en vrac, les unes sur les autres, à picorer le bonheur à pleine dents.

Et puis un jour, c'est mon vieux coffre à surprises de cœur qui m'a lâché. Ils ont dû me jouer le spectacle au bloc. Anne et moi, ça n'a pas tenu la rampe bien longtemps après ça. On s'est séparés comme de vieux pots fêlés. Et quelque temps plus tard, rebelote, les toubibs ont dû me rafistoler le pompon une nouvelle fois.

Enfin, comme si ça ne suffisait pas, tel un cheveu sur la soupe, voilà que le Covid s'invite à la fête pour tout chambouler ! Mes petites étaient devenues de grandes ficelles, alors j'ai décidé de reprendre mes quartiers en Corse, de retrouver mes racines pour profiter des dernières années de mes vieux.

Un petit vent de nostalgie pour souffler la fin en douceur.

X

L'été, je squattais le mobil-home de mon père dans le maquis, et l'hiver, je regagnais le nid maternel à la plaine.

Un jour que je rangeais le bordel du grenier, j'ai déterré une vieille enveloppe très fatiguée. Dans cette relique, y avait des clichés que je croyais disparus depuis des lustres. C'étaient des planches contact noir et blanc laissées sur la touche par le contexte d'alors, accompagnées de quelques diapos kodachromes.

Toutes ces photos, elles dataient de 45 piges en arrière et captaient Jocelyne à ses 20 printemps. Ça voulait dire qu'elle devait en avoir 65 à ce moment-là. Toutes ces années, j'avais respecté les plans de Marc, m'étais tenu à distance. Mais là, j'ai décidé que le délai de prescription était atteint et que le gus ne pourrait pas me faire la gueule si j'essayais de la retracer désormais.

Je me l'imaginais en jolie mamie, entourée de ses petits-loups, me tendant une tasse fumante et déroulant le fil de sa vie. Après, je lui aurais demandé de me balancer notre histoire à sa sauce, avec ses yeux à elle et ses souvenirs, nécessairement différents des miens. Car, bien que vivant les mêmes trucs, chaque regard les colore différemment, et j'avais besoin du sien pour reconstituer le puzzle, le combler avec les pièces manquantes qu'elle seule avait.

Sur Google, j'ai tapé son prénom et son nom de jeune fille suivi de celui de Marc, partant du principe qu'il avait réussi à la conserver dans ses filets.

En réponse, je suis tombé sur l'avis de décès en 2008 de Joseph dit Jojo, son paternel. En parcourant la liste, j'ai vu le nom de Marc : ok, ils s'étaient donc bien passés la bague au doigt.

J'ai continué ma petite lecture et tout en bas, il était écrit :

Et rappelle à votre souvenir sa fille JOCELYNE

Mon cœur bancal s'est arrêté net.

XI

C'est pas possible ! Ce que je lisais là, ça ne pouvait pas être vrai. Une erreur, une coquille, un truc du genre, forcément. Ce que ça sous-entendait, c'était juste impensable. Improbable. Inconcevable. Alors, j'ai vérifié. Encore et encore. J'ai fouillé, j'ai creusé, je me suis obstiné.

Et trouvé. Un avis de décès, à son nom, sobre et cruel, la réalité en plein visage :

```
Prénom : Jocelyne Marguerite
Genre : F
Date de naissance : 06/09/1956
Lieu de naissance : La Tronche
Date de décès : 25/08/2004
Lieu de décès : Marseille
```

Et là, c'est le choc. Le vertige. Le monde qui s'écroule autour de moi.

Je n'y croyais pas, je ne voulais pas y croire. Mais la preuve est là, implacable.

47 balais, c'est pas l'âge de tirer sa révérence. Surtout pour les anges comme Jocelyne. C'était cruellement injuste. Je peux te balancer des tas de têtes à claques qui auraient mieux mérité d'être six pieds sous terre à sa place.

Je suis resté sonné, le cœur en vrac. Une semaine entière, j'ai été incapable de quoi que ce soit, terrassé par la vague de chagrin. Le choc passé, j'ai eu besoin de piger. De savoir c'qui lui était tombé dessus.

Naturellement, j'ai filé direct vers Marc, espérant qu'il éclaire ma lanterne. Localisé sur LinkedIn, un rapide coup d'œil, et patatras : compte inactif.

Plan B. Le frère de Jocelyne, Jean-Luc, cité sur l'avis de décès de son père. Ni une ni deux, je le recherche sur Facebook. Bingo ! Un message privé envoyé, mais silence radio.

En fouillant un peu plus, je tombe sur une Julie, amie Facebook de Jean-Luc et... portant le même patronyme que Marc. Tiens donc. En scrutant sa page, c'est clair comme de l'eau de roche qu'il s'agit de sa progéniture. Banco ! Un nouveau post, cette fois-ci pour obtenir le mail de Marc.

Marc se souvient de moi. Miracle, il accepte même que Julie me transmette son contact. Je lui gribouille un truc, encore sous le coup de l'émotion car pour moi, Jocelyne est partie brutalement il y a une semaine, pas il y a vingt ans. Ça se ressent sans doute un peu trop lourdement dans ma bafouille.

Ma prose l'a-t-elle saoulé ? A-t-elle ravivé d'anciennes douleurs assoupies ? Mystère. Toujours est-il qu'elle est restée sans réponse. Silence assourdissant qui vient approfondir le fossé qui nous sépare. L'énigme Jocelyne demeure.

XIII

Je me heurtais donc à un mur de refus. Manifestement, personne n'était prêt à remuer le couteau dans cette vieille plaie. Mais moi, j'avais toujours ce sentiment d'injustice qui me rongeait les tripes.

Je ne pouvais encaisser que ma petite âme sœur, celle qui était restée tout ce temps lovée au creux de mes pensées, soit devenue, beaucoup trop jeune, une âme errante, livrée aux vents, sans que je sache pourquoi.

Dérivant dans les profondeurs de ma tristesse, j'avais besoin d'une bouée. Pour ne pas sombrer, j'ai écrit. J'ai fixé sur le papier ces souvenirs enfouis, ces échos voilés du passé, qui me revenaient par vagues régulières, comme une vieille bobine qu'on dévide.

Des miettes de vie, peu à peu distillées en refrains mélancoliques. Des paroles à moi, posées sur des airs existants. Au final, quatre petits bouquets musicaux contre l'oubli [6]. Mais c'était pas assez, ça suffisait pas... Alors est venu ce récit. Un présent, comme on dépose des fleurs sur une tombe, pour lui offrir une existence éternelle et pour qu'elle continue de danser parmi les vivants.

En espérant que ces dérisoires bouteilles à la mer soient guidées jusqu'à sa rive par des courants bienveillants, et lui apprennent enfin, combien elle comptait pour moi. Que croiser sa route, même brièvement, avait été une sacrée chance, une putain de belle opportunité que la vie m'avait offerte. Qu'elle fut une fée, qui pendant un court moment, avait saupoudré mon existence de sa magie.

XIV

Eh bien, faut-il maintenant que j'écrive ce foutu mot « Fin », est-il temps d'en terminer avec cette histoire qui remonte à si loin ?

Jocelyne, elle, en avait tourné la dernière page depuis longtemps, vite fait, bien fait. Moi, j'en feuillette encore les chapitres, saison après saison, comme on chérit un trésor précieux. Faudrait peut-être que j'écoute la voix off qui me souffle de faire mon deuil et de clore ce joli conte qui s'est embelli au fil des ans… Pourquoi donc persister dans ces chemins de traverse ?

Ben, peut-être parce que, comme dit l'autre, « y'a des trucs que le cœur comprend et pas la tête ». Peut-être parce que, même si elle ne concerne plus que moi, cette histoire me réconforte et m'inspire. Peut-être parce qu'elle est comme une luciole qui brille dans ma nuit. Peut-être parce qu'il y a des gens dont on peut pas accepter la disparition, et que Jocelyne en fait partie.

45

Alors, pas question de valider son absence. Faire son deuil, c'est enterrer deux fois l'être aimé, c'est la reddition des cœurs lâches, le renoncement des âmes faibles, c'est laisser la raison écraser nos émotions. Ce solde de tout compte de la vie, cette façon de dire « c'est fini, on passe à autre chose », c'est inconcevable pour moi.

Jocelyne, je vais pas la laisser tomber. Elle va pas disparaître, sa flamme ne va pas s'éteindre, je vais continuer à y penser, à la faire exister dans ma tête. Elle vivra tant que mon cœur battra. Les songes qui nous tourmentent sont préférables à la sagesse qui nous résigne.

Mais pour cela, je dois mettre un terme à ce questionnement qui me ronge. Sa disparition, je vais pas la digérer sans comprendre. Impensable de laisser l'affaire en plan. Je vais continuer à fouiller, à creuser, jusqu'à ce que je trouve. Et il existe encore une lueur d'espoir, un dernier fil à tirer, une ultime piste à explorer.

XV

Quand l'occasion d'un séjour sur le continent se présenta, je mis le cap vers Grenoble, le numéro d'Henriette, la mère de Jocelyne, griffonné sur un bout de papier. Un coup de fil timide, et me voilà sur la route pour un pèlerinage sentimental, rue Lionel Terray.

L'accueil est chaleureux, teinté d'une douce mélancolie. Henriette se rappelle vaguement d'un « corse » évoqué par sa fille, il y a bien longtemps. Et puis, les souvenirs affluent, comme une brise apaisante. Jocelyne a eu une belle vie, un mari aimant - rendu chef du marketing dans une multinationale, une situation enviable, des voyages, des enfants magnifiques, une maison de rêve.

Une image d'paradis qui me touche et me remplit d'un soulagement sincère. La description d'un bonheur confortable et sans embrouilles. Exactement ce dont elle rêvait, quoi, et certainement bien mieux que le parcours du combattant qu'elle aurait eu avec moi.

Mais un jour, le couperet est tombé : leucémie. L'ombre de Tchernobyl plane sur son destin. Un combat de plusieurs années, perdu contre un ennemi invisible.

XVI

Depuis cette première visite, dès que je peux, je me rends chez Henriette. Pour raviver la mémoire de Jocelyne, pour partager sa peine et sa fierté.

Je lui ai offert un p'tit album de photos noir et blanc, chronique des vingt ans de sa fille que le temps ne fanera pas. Également deux agrandissements qui ornent désormais sa cuisine et son salon en témoignage d'une vie injustement trop courte.

En retour, elle m'a confié un tableau peint par Jocelyne, un joli relief de fleurs qui illumine ma chambre tandis que ma plume écrit ces mots.

Mon chagrin n'est qu'un simple esquif sur la mer profonde qu'est celui d'Henriette. Pourtant la trace laissée par sa fille, comme un chemin d'étoiles qui s'estompe dans le ciel immense, nous guide et rapproche nos deux âmes tristes.

Un lien invisible tissé entre la Corse et Grenoble, entre deux cœurs endoloris par la perte, mais apaisés par la beauté d'un souvenir.

Juin 2024

[1] Jean-Jacques Goldman : Je voudrais vous revoir

[2] William Sheller : Le Carnet à spirales

[3] Pink Floyd : Animals

⁴ Ten CC : I'm Not In Love

⁵ Deep Purple : When a Blind Man Cries

⁶ Playlist « Fée d'Automne »

© 2024 Daniel Salasca

Édition : BoD – Books on Demand, info@bod.fr

Impression : BoD – Books on Demand, In de Tarpen 42, Norderstedt (Allemagne)

Impression à la demande

Dépôt légal : Juin 2024

ISBN : 978-2-3225-3694-8